中小学生综合实践活动系列读本

灵动时节

二十四节气探寻之旅

春季篇

娄卫润　郝英红◎编著

燕山大学出版社
·秦皇岛·

图书在版编目（CIP）数据

灵动时节：二十四节气探寻之旅.春季篇 / 娄卫润，郝英红编著.—秦皇岛：燕山大学出版社，2022.3（2023.3 重印）
ISBN 978-7-5761-0012-9

Ⅰ. ①灵… Ⅱ. ①娄… ②郝… Ⅲ. ①活动课程－小学－教学参考资料 Ⅳ. ①G622.3

中国国家版本馆 CIP 数据核字（2023）第 035531 号

灵动时节
——二十四节气探寻之旅春季篇
娄卫润 郝英红 编著

出 版 人：陈 玉
责任编辑：王 宁
责任印制：吴 波
封面设计：刘韦希
出版发行：燕山大学出版社 YANSHAN UNIVERSITY PRESS
电 话：0335-8387555
地 址：河北省秦皇岛市河北大街西段 438 号
邮政编码：066004
印 刷：秦皇岛墨缘彩印有限公司
经 销：全国新华书店

开 本：210mm×285mm 1/16
印 张：6.5
版 次：2020 年 8 月第 1 版
印 次：2023 年 3 月第 3 次印刷
书 号：ISBN 978-7-5761-0012-9
字 数：110 千字
定 价：19.80 元

编　委　会

编委主任：刘文杰

编委副主任：杨志生　胡　浩　张志安

丛书主编：娄卫润

本册主编：娄卫润　郝英红

副主编：于　洋　宋志侠

编写者：刘晶晶　沈腾跃　张　晶
刘远鹏　赵春玉　蒋婷婷
昝会颖　刘春梅　冯梓铭
李　颖　孟凡勇　曹玲丽
杨　萍

总　序

依托秦皇岛市研学基地开发综合实践活动课程资源

综合实践活动课程是2001年我国第八次基础教育课程改革设立的必修课程，目的是克服学校课程脱离社会发展和学生生活实际的不足，改变学生被动接受知识学习的局面，积极推进素质教育，创新人才培养模式，提高学生的社会责任感、创新精神和实践能力。

2016年11月，教育部等11部门联合发布了《关于推进中小学生研学旅行的意见》(简称《意见》)。《意见》明确指出，中小学生研学旅行是由教育部门和学校有计划地组织安排，通过集体旅行、集中食宿的方式开展的研究性学习和旅行体验相结合的校外教育活动，要求各中小学要结合当地实际，把研学旅行纳入学校教育教学计划，与综合实践活动课程统筹考虑，促进研学旅行和学校课程有机融合。研学旅行是继综合实践活动课程之后，教育部在基础教育课程改革中落实立德树人根本任务、培养学生核心素养的又一实践育人途径。

2017年9月25日，教育部印发《中小学综合实践活动课程指导纲要》，明确把“研学旅行”纳入综合实践活动课程。回顾前期的课程实践经验，我们认为，在课程推进过程中，不应该只把研学旅行局限为综合实践活动的一种构成方式，其本身还可以成为课程实施的平台，为社会服务、设计制作、职业体验等领域拓展丰富的课程资源。

2003 年实施新课改以来，秦皇岛市教育局高度重视综合实践活动课程的实施工作，先后出台多个专项指导意见，开展规范且系列化的培训、交流、评比、展示等活动。区域课程开发、实施、管理的整体水平较高，多次在省级以上的教研活动中交流课程管理经验。

多年来，区域内很多学校依托当地自然、社会、人文素材，开发了大量的课程资源：有的依托农村特色产业，引导学生走进田间地头，参与生产劳作，了解农业科技，策划特色产业发展规划；有的依托当地的自然风光等旅游资源，了解旅游产业的核心竞争要素，对产业发展进行诊断、评价、推介和优化；有的依托当地的人文资源，通过引导学生关注家乡文化底蕴、发掘人文内涵及传统文化项目，涵育学生的家国情怀。

秦皇岛市自然禀赋优越，自然景观类型丰富，自然环境优美，加之历史悠久，文化遗存众多，旅游资源丰富、种类齐全、特色突出，经过多年开发建设，形成了以长城、滨海、生态为主要特色的旅游产品体系。全市 A 级旅游景区有 40 多个，为研学实践教育提供了丰富的基地资源。基于丰富的自然资源和发达的交通条件，农业生产类型多样、品种丰富，工业发展布局合理、门类齐全，为学生开展职业体验、社会实践、考察探究提供了广阔的活动空间。

为了更好地让学生在真实的自然环境中学习，在学习与实践的过程中了解家乡，培养学生热爱家乡的感情，涵育家国情怀，自觉地将个人的发展与国家和民族的前途命运结合起来，让价值体认和使命担当落到实处，秦皇岛市教育局依托区域内的研学基地及相关工业、农业产业资源，开发综合实践活动课程资源意义重大。

本系列读本的编写主要依托秦皇岛市中小学综合实践活动名师工作室，娄卫润老师担任工作室主持人。在她的带领下，具有课程管理经验的校长和具有教学实践智慧的教师共同参与编写。他们查阅各种文献，深入研学基地，反复打磨提炼，探索运用考察探究、社会服务、设计制作、职业体验等活动方式，全面提升学生的综合素养。读本具有明显的地域特色，内容载体熟悉，学习情境亲切，能够真正唤起学生的自主探究欲望。读本力求提升研学实践教育的管理水平，为全面育人和全方位育人拓展新的空间。读本力求降低教师的指导难度，提高课程规范化水平，促进全市综合实践活动课程的常态实施。

本系列读本记录了秦皇岛市多年来实施综合实践活动课程的实践历程，代表了不同的中小学校对实施综合实践活动课程的整体把握和实践探索。期待涌现更多掌握课程实施规范的教学队伍和教研团队，期待区域课程资源开发走向更高的水平。希望综合实践活动课程在秦皇岛市落地生根，盛开出鲜艳的花朵！

刘文杰

致同学们

亲爱的同学们：

你们好！

我是你们的小伙伴节气娃娃。在《灵动时节——二十四节气探寻之旅》这套书里，我将和你们一起探究二十四节气的奥秘，感受综合实践活动课程的无穷魅力。

二十四节气蕴含着自然界许多神奇的现象和规律，是中华民族宝贵的传统文化遗产。不同的节气，气温有怎样的变化？降水量有什么差异？有哪些独特的物候现象？……在探究二十四节气的过程中，你们一定会感受到我国古代劳动人民细致入微的观察力，也一定会被中华民族勤劳、智慧的品格和悠久、灿烂的文化所深深地折服！

打开这套书，你们可以看到“启思苑”“实践场”“体验营”“活动角”“交流园”“知识窗”“资料库”“展示台”等不同的栏目。“启思苑”帮助你们打开探究问题的思路，“实践场”“体验营”“活动角”是综合运用观察、调查、采访、体验等方法去开展社会实践、社会服务、设计制作、职业体验等活动的平台，“交流园”是你们分享收获、反思不足的园地，“知识窗”“资料库”告诉你们许多和节气有关的知识，“展示台”是你们展示成果、交流经验的平台。你们既可以根据实际情况选择感兴趣的活动内容，也可以发挥创造力，根据书中的思路和方法开展更有创意的活动。

从现在开始，你们就要踏上二十四节气的探寻之旅了，希望你们在活动中善于思考、勇于实践、敢于探究、乐于分享，成为一名二十四节气的“小达人”、综合实践活动的“小行家”！

你们的小伙伴 节气娃娃

目录

目录

探寻春天的足迹——立春

立春，是农历二十四节气中的第一个节气，“立”是开始的意思，所以立春就是春天的开始。让我们唱着“春天在哪里”，伴随着冰雪融化、草芽萌动，共同寻找春的足迹吧！

1. 探求立春知识

立春，通常在每年公历的 2 月 3 日、4 日或 5 日，这一天，太阳到达黄经 315°。民间又把立春称为立春节、正月节、岁节、岁旦等。

知识窗

黄经，是中国古代人们标识和计算天体运行的路径及名称，即太阳经度或天球经度，也是计算天体运行的坐标。地球绕太阳运转一周即 365 天 5 小时，这个公转 360° 的轨道就称为太阳黄经。我们智慧的祖先把地球绕太阳运转一周的 360° 划分成 24 等份，每等份 15° 为一个节气，两个节气间隔 15 天左右，全年即有 24 个节气。

启思苑

同学们，说到立春，你想了解哪些内容呢？

我们通过查阅资料、实地观察、访谈调查等方法寻找答案吧！

小贴士

团队组建

1. 根据自己的兴趣爱好，加入相应的研究小组。
2. 组内讨论具体的活动任务、探究方法等。
3. 队员作好分工，各司其职。

我们已经有了自己的小团队，开始制订计划吧！

活动计划表

活动主题：探求立春知识			
活动目标：通过查阅资料、实地观察、访谈调查等方法了解立春知识。			
组别	活动任务	探究方法	探究结果展示方式
第一小组	了解立春的由来	查阅资料	手抄报
第二小组	了解立春的习俗	访谈调查	访谈记录表
第三小组	了解立春的气温情况	实地观察	统计图
……	……	……	……

实践场

我们按照活动计划行动起来吧！

我们去采访！

访问目的：了解立春的习俗					
访问对象		地点		时间	
访谈内容					

我们去观察！

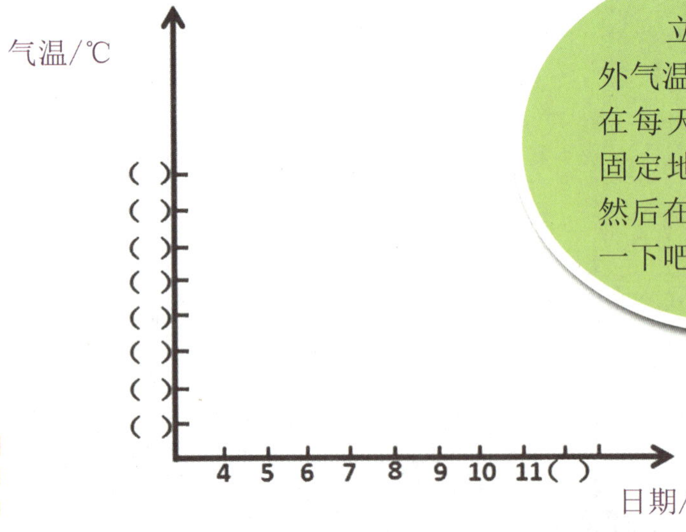

交流园

我们小组采访了身边的老爷爷老奶奶，发现他们在立春这天都要做的一件事就是吃春饼。

我们通过上网查找资料和阅读相关书籍，了解了立春的由来。看！这是我们制作的电子手抄报。

我们小组通过连续几天对气温的监测，发现……

我们小组通过……发现……

电子手抄报

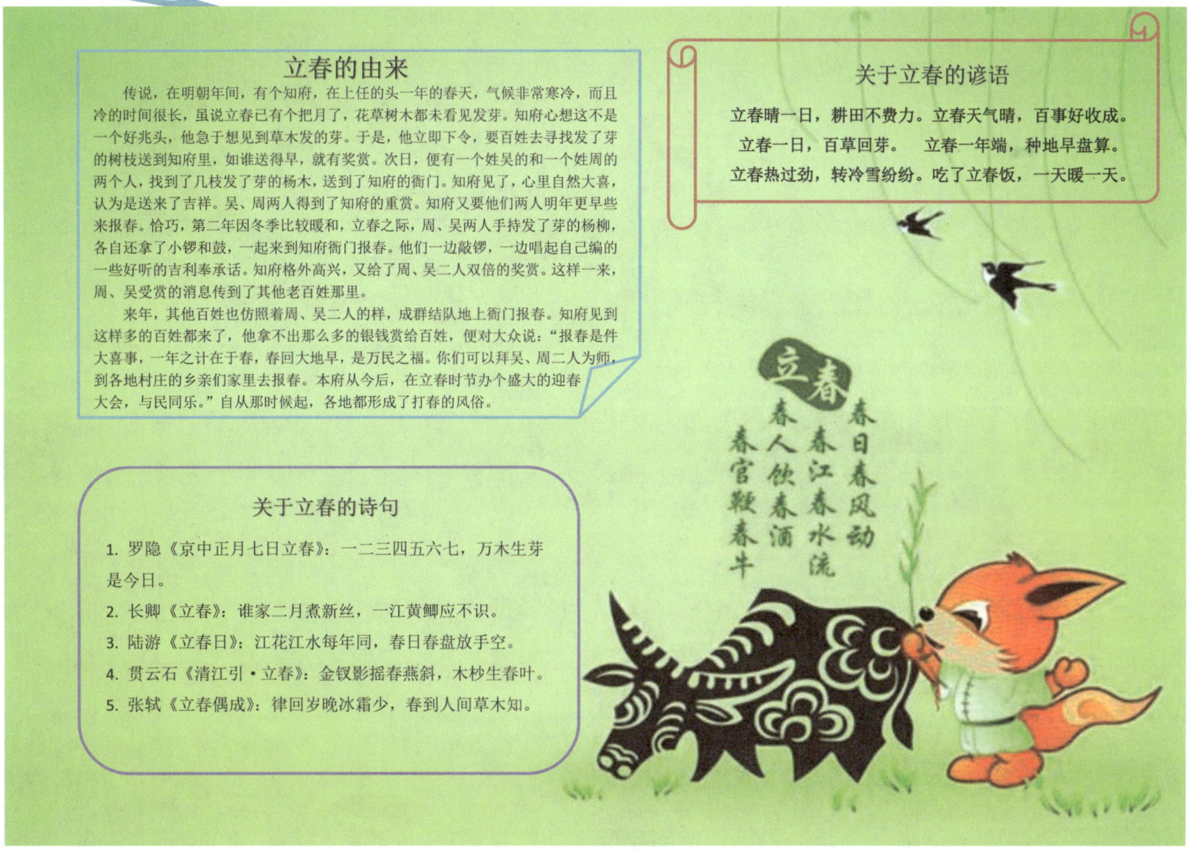

立春的由来

传说，在明朝年间，有个知府，在上任的头一年的春天，气候非常寒冷，而且冷的时间很长，虽说立春已有个把月了，花草树木都未看见发芽。知府心想这不是一个好兆头，他急于想见到草木发的芽。于是，他立即下令，要百姓去寻找发了芽的树枝送到知府里，如谁送得早，就有奖赏。次日，便有一个姓吴的和一个姓周的两个人，找到了几枝发了芽的杨木，送到了知府的衙门。知府见了，心里自然大喜，认为是送来了吉祥。吴、周两人得到了知府的重赏。知府又要他们两人明年更早些来报春。恰巧，第二年因冬季比较暖和，立春之际，周、吴两人手持发了芽的杨柳，各自还拿了小锣和鼓，一起来到知府衙门报春。他们一边敲锣，一边唱起自己编的一些好听的吉利奉承话。知府格外高兴，又给了周、吴二人双倍的奖赏。这样一来，周、吴受赏的消息传到了其他老百姓那里。

来年，其他百姓也仿照着周、吴二人的样，成群结队地上衙门报春。知府见到这样多的百姓都来了，他拿不出那么多的银钱赏给百姓，便对大众说："报春是件大喜事，一年之计在于春，春回大地早，是万民之福。你们可以拜吴、周二人为师，到各地村庄的乡亲们家里去报春。本府从今后，在立春时节办个盛大的迎春大会，与民同乐。"自从那时候起，各地都形成了打春的风俗。

关于立春的谚语

立春晴一日，耕田不费力。立春天气晴，百事好收成。

立春一日，百草回芽。　立春一年端，种地早盘算。

立春热过劲，转冷雪纷纷。吃了立春饭，一天暖一天。

关于立春的诗句

1. 罗隐《京中正月七日立春》：一二三四五六七，万木生芽是今日。
2. 长卿《立春》：谁家二月煮新丝，一江黄鲫应不识。
3. 陆游《立春日》：江花江水每年同，春日春盘放手空。
4. 贯云石《清江引·立春》：金钗影摇春燕斜，木杪生春叶。
5. 张轼《立春偶成》：律回岁晚冰霜少，春到人间草木知。

立春的知识真不少，只有多问、多听、多看才会有更深层的认识。让我们一起跟随立春的脚步继续去感知吧！

2. 感受立春习俗

通过前面的学习，我们了解了一些立春的习俗，让我们进一步感受这些习俗吧！

知识窗

迎春：是立春的重要活动，俗称演春。迎春是在立春前一日进行的，目的是把春天和春神句芒接回来。

贴春字画：春天到了，在门壁上张贴宜春字画，这种风俗在唐代就有。

打春牛：立春前，村民们用泥塑一牛，称为春牛。妈妈们抱小孩绕春牛转三圈，传说可以不患疾病。打春牛起源较早，这种方式体现了人们对五谷丰登的美好期盼。

咬春：最早的书面记载是在唐朝，后世一直流行。每逢立春这一天，中国民间讲究要买萝卜来吃，叫作咬春。老北京人讲究时令吃食，立春这天要吃春饼，吃春饼就是咬春，其实所谓咬春不过是家家都要吃鲜菜，取迎新之意。

实践场

吃春饼是立春重要的饮食风俗之一。春饼的制作方法通常为烙制或蒸制。你会做春饼吗？我们一起来学习一下吧！

1. 面粉 500 克，加入 150 克开水搅成絮状，再加 150 克凉水。

2. 和成面团，醒 20 分钟。

3. 分成大小相等的剂子。

4. 取一个剂子，擀薄刷油。依次摞 5 张。

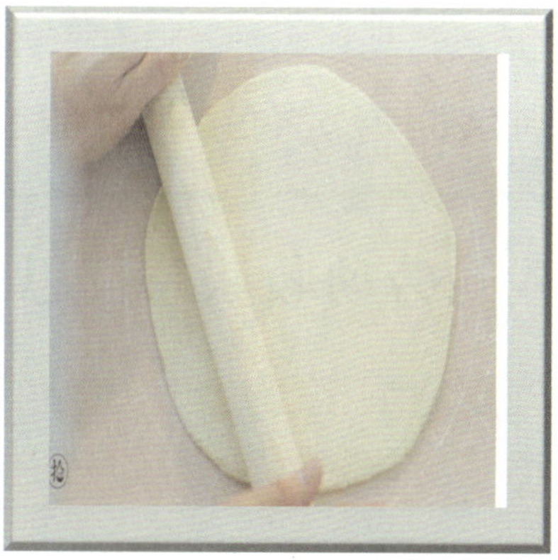

5. 把摞在一起的饼再擀薄。

6. 锅里不放油，小火慢慢加热，表面鼓起小泡即可出锅。

交流园

晒晒我们的劳动成果（照片）

通过这次动手实践，同学们一定有了不少收获和反思，快来写一写！

我的劳动收获与反思

3. 寻找立春足迹

立春过后，我国南北方气温差别很大。华南地区已经花红柳绿，华北大地仍然大雪纷飞。让我们走进大自然，见证南北气温差异带来的不同吧！

启思苑

如果想知道立春时南北方的差异，应该如何去做呢？

小组讨论一下，制订调查计划吧！

南北方立春景物特点调查计划

确定地点：北方（秦皇岛）、南方（　　　　）
成员分工：（　　　　　　　）负责寻找秦皇岛立春足迹。
（　　　　　　　）负责查找、询问南方立春足迹。
研究内容和方法：
1. 确定对比景物（讨论）。
2. 商议调查方法（讨论）。
3. 秦皇岛立春景物调查（实地考察）。
4. 南方立春景物调查（查阅资料、电话或微信访问等）。
5. ……
可能遇到的问题及解决方法：

实践场

把调查到的景物特点用表格的形式呈现出来，这样更清晰。

南北方立春景物特点（可附图片）

时间	景物	北方（秦皇岛）	南方（　　）
	河水		
	树木		
	花		
	草		
	……		

交流园

为什么南北方气温会有这么大的区别呢?

南北方以秦岭—淮河一线为分界线，此线以南为南方，以北为北方。我国南北方地区由于纬度不同，太阳辐射状况不同，热量多少不同，形成不同热量带的气候。越往北，气温越低，所以南北方的气温在立春时节差别很大。

4. 收获与反思

通过这段时间的学习，相信你对立春已经有了初步的认识，我们回顾一下吧！

可以是谚语、古诗、立春三候或是……

★关于立春，我还知道……______________________

____

____

____

____。

在立春系列活动中，你一定有很多收获与感悟。请在这里留下你的成长足迹。

评价内容	梳理与总结	自评
你全程参与了吗？		
你最大的收获是什么？		
活动中你遇到了什么困难？是如何解决的？		
你觉得自己哪些方面还需要提高？		
……		

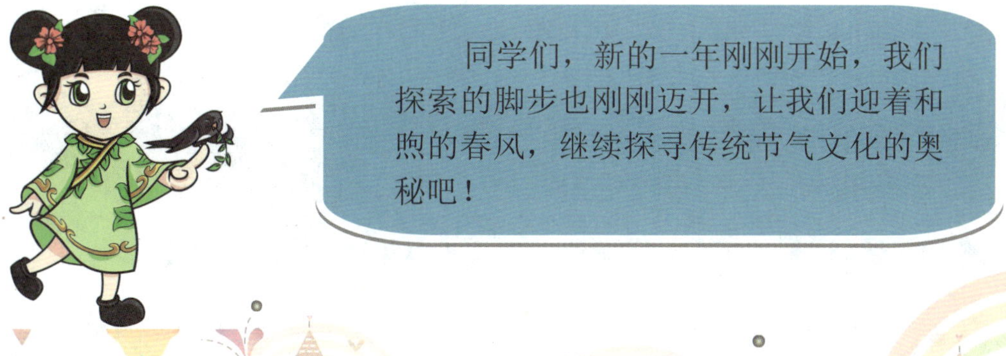

探寻春天的足迹——雨水

同学们，挥别立春，迎来雨水。雨水是二十四节气中的第二个节气，顾名思义，这是一个反映降水现象的节气。此后降雨逐渐增多，气温逐步回暖。自此，我国大部分地区开始进入气象意义上的春天。

春夜喜雨

〔唐〕杜甫

好雨知时节，当春乃发生。
随风潜入夜，润物细无声。
野径云俱黑，江船火独明。
晓看红湿处，花重锦官城。

1. 雨水节气我思考

雨水节气一般从公历 2 月 18 日或 19 日开始，到 3 月 4 日或 5 日结束。雨水时节时，太阳到达黄经 330°。

小贴士

如何制订研究计划

1. 调查汇总同学们感兴趣的问题，对内容进行筛选，确定几个最有价值的问题。
2. 自由组成研究小组，选出组长，确定研究主题，进行小组分工，明确研究任务。
3. 作好研究前的各项准备。

我们一起讨论并制订研究计划吧！

________小组研究计划

研究主题：雨水节气小探索

成员分工：

研究的理由：

研究内容和方法：

1. 雨水节气的气候特点有哪些（查阅资料、访问、实地考察等）？

2. 与雨水节气有关的农谚和诗句有哪些（查阅资料）？

……

可能遇到的问题和解决办法：

预期的结果和展示形式：

实践场

按照计划，我们开始行动吧！

交流园

通过扎实有效的研究活动，我们对于雨水节气的认识更多更广了。

雨水节气的三层含义

- 气温回升
- 冰雪融化
- 降水增多

雨水节气诗句

- 好雨知时节，当春乃发生。
- 天街小雨润如酥，草色遥看近却无。
- 小楼一夜听春雨，深巷明朝卖杏花。
- 春寒多雨水，地僻少轮蹄。
- 润物甘霖细细声，东风吹绿柳丝迎。

雨水节气农谚

- 雨水节，雨水代替雪。
- 雨水非降雨，还是降雪期。
- 春雨贵如油。
- 七九河开，八九雁来。
- 雨水到来地解冻，化一层来耙一层。
- 麦润苗，桑润条。

每个节气有三候，每候有五天，雨水节气的三候：一候獭祭鱼，二候鸿雁来，三候草木萌动。

一候水獭开始捕鱼，它们把捕获的鱼排列在岸边展示，似乎要祭拜一番再享用。

二候大雁从南方飞回北方。

三候气温渐暖，草木乘此生机开始萌动，但还没有萌芽。

古人通过长期观察总结出各种经验，真可谓细致入微，值得我们学习！

通过观察下表，我们可以看出雨水节气与元宵节时间相近。

雨水节气和元宵节时间对比

年份	雨水节气时间	元宵节时间
2016 年	2 月 19 日—3 月 5 日	2 月 22 日
2017 年	2 月 18 日—3 月 5 日	2 月 11 日
2018 年	2 月 19 日—3 月 5 日	3 月 2 日
2019 年	2 月 19 日—3 月 6 日	2 月 19 日

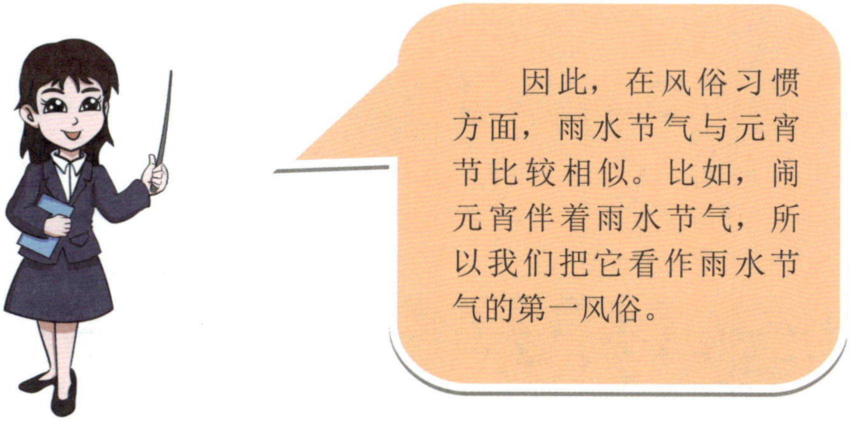

了解了雨水节气的风俗，知道了关于雨水节气的古诗、谚语，让我们继续感受节气变化的勃勃生机。

2. 雨水节气我知道

雨水时节，冬春交替，或雨或雪，或暖或寒，天气变化多端。随着降水的增多，回暖的速度有所放缓。雨水节气对农业生产和人们的生活具有重要意义，到了雨水节气，农民完全走出了“冬闲”，投入新一年的农事中。

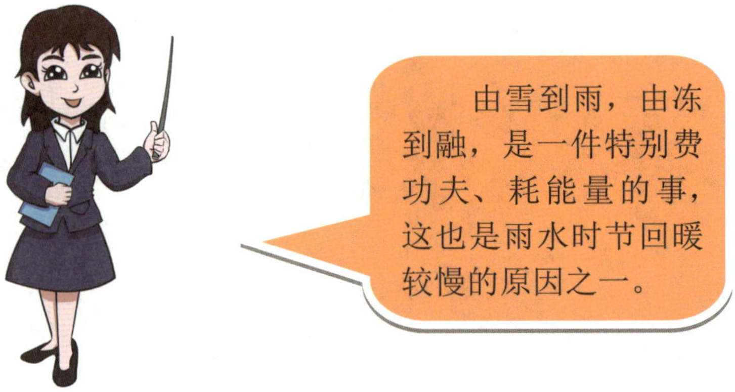

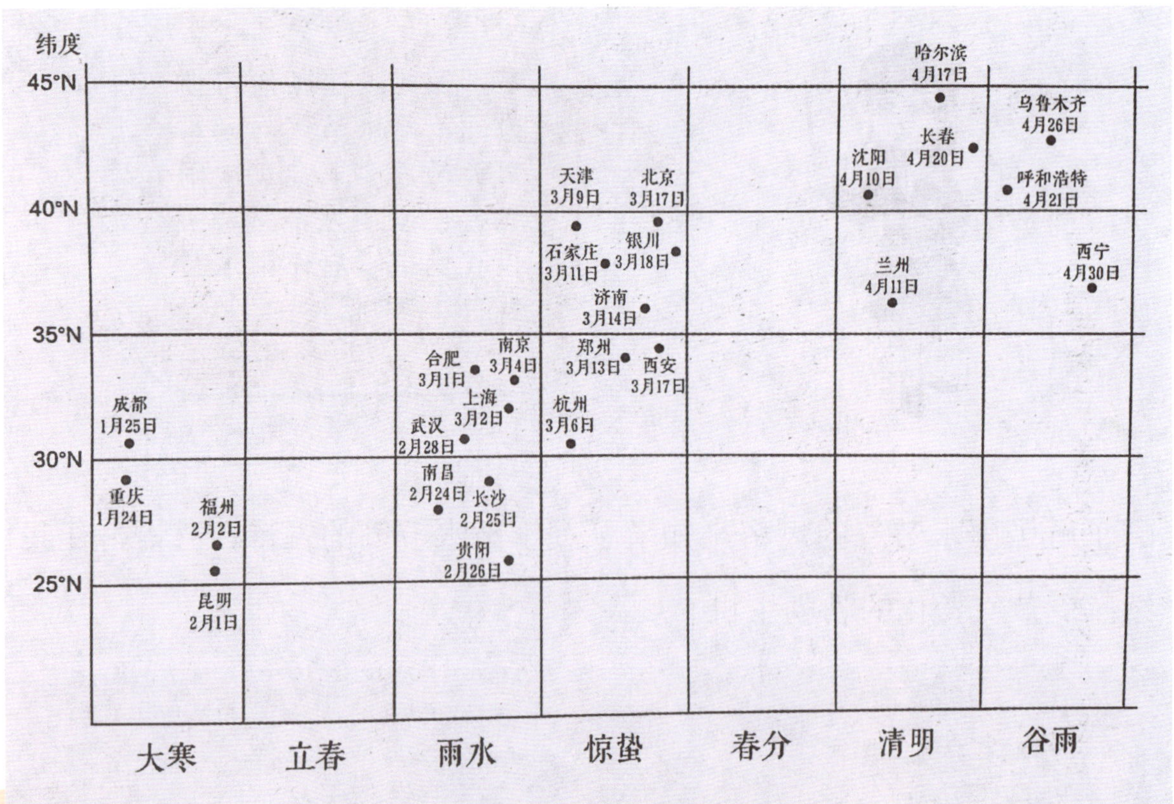

部分城市终雪日期

启思苑

根据雨水节气气温的特点，农民伯伯可以进行哪些农事活动？

我们可以采用哪些方式了解呢？

为使活动更有实效，我们制订一个小方案吧！

雨水节气农事活动研究方案

时间：

小组成员及分工：

内容及方法：

1. 查找资料，了解雨水对农事的影响。
2. 采访农民伯伯在雨水节气进行哪些农事活动。

……

预期的研究成果：

实践场

“采访”在搜集资料的方式中比较直接，获得的内容更能够反映真实的生活。让我们采访一下农民伯伯吧！

小贴士

1. 访谈过程中要注意礼貌、服装整洁、仪表大方，使用礼貌用语。

2. 用具准备：录音笔、摄像机、记事本等。

3. 学会提问：提前预设问题，一次只提一个问题，问话要简洁明了，不偏离主题。

交流园

我们通过上网查询、采访农民等方式，了解到农民伯伯会抓住这个“一年之计在于春”的关键时节，实现“春种一粒粟，秋收万颗子”的愿望。你有哪些收获呢？

雨水节气对农事活动的意义可真大呀！

资料库

农谚说得好："水满塘，粮满仓，塘中无水仓无粮。"在此之前的整个冬季，南方的一些水塘很多都被放干了水，农民将里面的塘泥挑到田地里。自古以来，塘泥都是上好的肥料。挑走塘泥也扩大了水塘的容积量，使其能够储存更多的雨水。塘泥量大，尚未挑完的，雨水时节农民会继续大干，加紧挑完，以迎接春夏的降水，另外也顺便晒晒塘底，以利养鱼。除此之外，人们还可以拦蓄雨水，发展雨养农业；利用庭院、场院和屋顶面集雨，发展庭院经济；利用坡地、道路集雨，发展大田作物的灌溉；结合小流域综合治理，发展农林业灌溉。

3. 雨水节气我体验

同学们，一年四季有很多时令，而每个时令都有自己的专属蔬菜，豆苗是雨水节气的时令蔬菜之一。

雨水节气到，节气美食豆苗能够祛湿清热，成为当下市民餐桌上不可缺少的菜肴。

豌豆苗的营养价值很高，用它制作的菜肴也非常美味，我们一起来亲手培育豌豆苗吧！

准备物品：
豌豆、水壶、种植盆……

1. 把豌豆泡一天一夜。

2. 将豌豆放在一个能漏水的容器里。

3. 用湿毛巾盖上，每八小时冲一次水。

4. 三天后把毛巾拿走，下面放一个盆，里面装上能没过豌豆苗根部的水，每天至少换两次水。

在动手体验的过程中，我们把观察到的现象记录下来吧！

观察对象	时间	状态	颜色
豌豆苗			

展示台

晒晒我的劳动成果

资料库

种苗的培育种植方法

1. 无土栽培：是指不用土壤，采用沙子、碎木屑、炉渣等物质作为基质进行育苗培养的一种方法。用基质进行育苗，提高了育苗的广泛性和成活率，缓解了土地资源匮乏的问题。

2. 嫁接育苗：将种苗的芽通过人工嫁接的方式移植到其他农作物或者其他植物上，经过一段时间，两种植物体成长为一株新的植物体。嫁接育苗的成活率不是很高，但随着嫁接技术的不断成熟，成活率也在不断提高。

3. 穴盘育苗：是采用塑料或纸质盘为育苗容器的一种方法。把消过毒的营养泥装入育苗盘进行播种育苗。该种育苗方法成本比较高，使用相对较少。

4. 扦插叶育苗：大白菜、花椰菜、甘蓝、芹菜、萝卜和油菜等都可以采用扦插繁殖的方式进行培植，成苗率高达 90%，扦插成活后的植株病害轻，后代遗传性状稳定。

4. 收获与反思

同学们，在雨水这一节气的研究学习中，你一定有很多的收获与感悟，如果我们想把这些收获和感悟记录下来，可以采用哪些方式呢？

为了帮助同学们更高效地梳理自己的收获，让我们学习一种简单易学又非常实用的方式——思维导图。

思维导图，英文是 The Mind Map，又叫心智导图，是表达发散性思维的有效图形思维工具。它简单却又很有效，是一种实用的思维工具。

小贴士

思维导图制作步骤

1. 从一张白纸的中心开始绘制，周围留出空白。
2. 用一幅图像或图画表达中心思想。
3. 在绘制过程中使用颜色。
4. 将中心图像和主要分支连接起来，然后把主要分支和二级分支连接起来，再把三级分支和二级分支连接起来，依此类推。
5. 让思维导图的分支自然弯曲而不是像一条直线。在每条线上写一个关键词。

思维导图有多种形式，如圆圈图、树状图、气泡图、双重气泡图、括号图、桥形图等。

回顾有关雨水节气的收获，试着用思维导图的方式梳理一下吧！

创意思维导图我设计

这段时间，我们不仅了解了有关雨水节气的知识，还亲自动手实践，感受春意的萌动，分享其中的乐趣。我们对自己的表现进行一下评价吧！

主题活动评价表

评价内容	梳理与总结	自评
本组活动你全程参与了吗？		
活动中你的收获是什么？		
活动中你遇到了什么困难？是如何解决的？		
你觉得自己哪些方面需要提高？		
……		

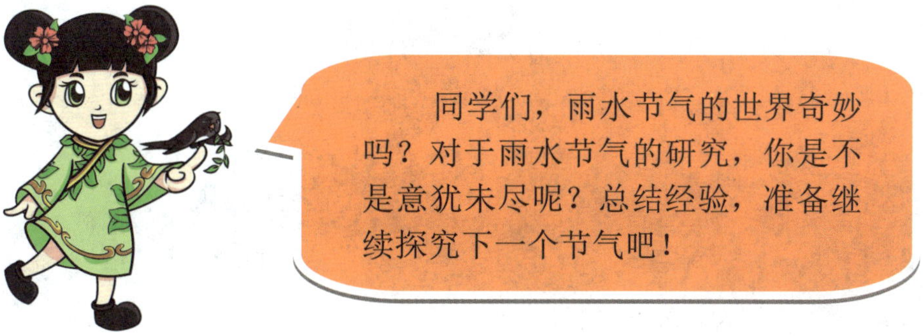

探寻春天的足迹——惊蛰

雨水过后，二十四节气中的第三个节气——惊蛰就如期而至了。惊蛰是一年中最响亮、最生动的节气。一声春雷惊醒了蛰伏一冬的万物。桃花红，梨花白，黄鹂歌唱燕归来。让我们一起走进惊蛰，去感受这个有趣的节气吧！

1. 相约惊蛰时

每年公历 3 月 5 日或 6 日，太阳到达黄经 345° 时为惊蛰，标志着仲春时节的开始。关于惊蛰，有许多奥秘值得我们去探究。

知识窗

惊蛰，古称“启蛰”。汉朝第六代皇帝汉景帝的讳为“启”，为了避讳，将“启”改为当时发音不同但意思相近的“惊”字。进入唐代以后，“启”字的避讳已无必要，“启蛰”的名称又重新被使用。但因为久习旧例，《大衍历》仍使用了“惊蛰”一词，并沿用至今。

“惊”，即“惊醒”。“蛰”，意为“藏”。冬天到了，动物们躲起来冬眠，叫“入蛰”；到了第二年大地回春时再钻出来，叫“出蛰”。旧时人们认为动物之所以从蛰伏中醒来，是因为被雷声惊醒。

启思苑

对于惊蛰节气，你们想研究哪些问题呢？

问题不等于研究主题。将大家的问题汇集在一起，对它们进行分类整理、归纳提炼，就可以概括出不同的主题了。

"惊蛰时会不会打雷"和"惊蛰时的气温变化"都属于气候方面的问题，可以归纳为一类……

试一试，我们可以提炼出多少个关于惊蛰的研究主题？

我们的研究主题

1. 惊蛰节气的由来
2. 惊蛰时的气候
3. 惊蛰时动植物的变化
4. 惊蛰节气的习俗
5. 有关惊蛰的诗词、谚语
6. 惊蛰节气的农事活动
7. 惊蛰节气的养生方法
8. ……

小贴士

制订小组研究计划时，一定要考虑周到、具体：对于这个研究主题想达到什么目的？针对这样的目的，要采取什么样的方法？在什么时间，到什么地方进行研究？研究过程中，每个人具体的分工是什么？应当先做什么，后做什么？

_____小组研究计划

研究主题	有关惊蛰的诗词、谚语
研究目的	了解历史上有哪些关于惊蛰的诗词、谚语并懂得它们的含义，调查这些诗词、谚语和农业生产的关系，感受其中所蕴含的农耕文化。
小组成员及分工	
研究方法	查阅资料、采访、调查。
研究步骤	1. 上网查阅，搜集有关惊蛰的诗词、谚语。 2. 采访农民，了解这些诗词、谚语和农业生产的关系。 ……
预期成果	手抄报……

交流园

各小组的研究计划有哪些优点？你对其他小组有哪些建议？交流一下吧！

让我们虚心听取大家的意见，抓紧时间完善研究计划吧！

制订好研究计划，我们开始行动啦！

2. 体验春耕“趣”

“到了惊蛰节，锄头不停歇。”在农民伯伯辛勤忙碌的日子里，同学们走进田野，去体验农事活动吧！

体验营

采访农民伯伯，了解惊蛰时节我们这个地区的农事活动有哪些。

农事活动小调查

1.

2.

3.

认识各种常用的农具，了解农具的用途。

铁锹：又叫“铁锨”，可以用于耕地、铲土，有长柄，多为木制，头是铁的。常用的铁锹有尖头铁锹和方头铁锹。

锄头：是一种传统的长柄农具，其刀身平薄而横装，收获、挖穴、作垄、耕垦、盖土、除草、碎土、中耕、培土都可使用，属于万用农具。

喷雾器：是一种利用空吸作用将药水或其他液体变成雾状，均匀地喷射到其他物体上的器具。喷雾器是防治病虫害不可缺少的重要农具。

在农民伯伯的指导下，我们试着用铁锹进行挖土、铲土等简单的劳动。

晒晒我们的劳动照片

交流园

难忘的农事体验活动结束了，我们来分享一下收获和感想吧！

资料库

惊蛰节气全国各地主要农事

惊蛰时，华北冬小麦开始返青生长，土壤仍冻融交替，及时耙地是减少水分蒸发的重要措施。“惊蛰不耙地，好比蒸馍走了气”，这是当地人民抗旱保墒的宝贵经验。

沿江江南小麦已经拔节，油菜也开始见花，对水、肥的要求都很高，应适时追肥，干旱少雨的地方应适当浇水灌溉。南方雨水一般可满足菜、麦及绿肥作物春季生长的需要，防止湿害是最重要的。俗话说，“麦沟理三交，赛如大粪浇”，“要得菜籽收，就要勤理沟”，做好清沟沥水工作十分重要。

华南地区早稻播种应抓紧进行，同时要做好秧田的防寒工作。随着气温的回升，茶树也渐渐开始萌芽，应进行修剪，并及时追施“催芽肥”，促进茶树多分枝，多发叶，提高茶叶产量。桃、梨、苹果等果树要施好花前肥。“春雷惊百虫”，温暖的气候条件利于多种病虫害的发生和蔓延，田间杂草也相继萌发，应及时做好病虫害防治和中耕除草工作。

3. 走进大自然

“微雨众卉新，一雷惊蛰始。”惊蛰过后，雨水增多，气温回升，万物生机盎然，大自然在我们的眼前展开了一幅美丽的画卷。

古人把惊蛰划分为三候。

一候桃始华：惊蛰之日，蛰伏一冬的桃花开放，引出人间的千媚百态。

二候鸧鹒鸣：鸧鹒为黄鹂，它们最早感受到了春阳之气，在翠柳间鸣唱求友。

三候鹰化为鸠：天气温和，平时常见的鹰悄悄躲起来繁育后代，而鸠开始到处鸣啼求偶，使人以为鹰变成了鸠。

实践场

春雷生，万物长。我们一起走进大自然，仔细观察，用心体验吧！

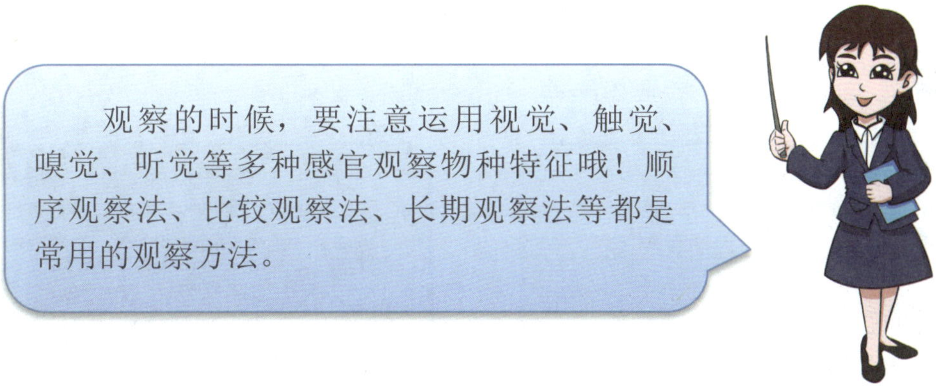

为了使观察更有重点，可以只选择一至两种动物或植物进行观察。观察之前，我们先来制订观察计划吧！

我们的观察计划	
观察对象	蚂蚁
观察时间	
观察地点	
观察方法	
观察内容	1. 它们生活在什么样的环境里？ 2. 按头、躯干、四肢的顺序观察蚂蚁的外形特征。 3. 它们在做什么？它们是怎么分工的？ 4. 还有哪些发现？

在观察的过程中，我们可以用“自然笔记”的形式手绘图文，记录观察到的现象。

文字是自然笔记的主体。文字内容主要包括对观察对象特征的描述和观察心得，还要标注时间、地点、天气、记录人等信息。

图画是对文字描述的补充。

文字描述和图画应该尽量真实客观，不要夸张。

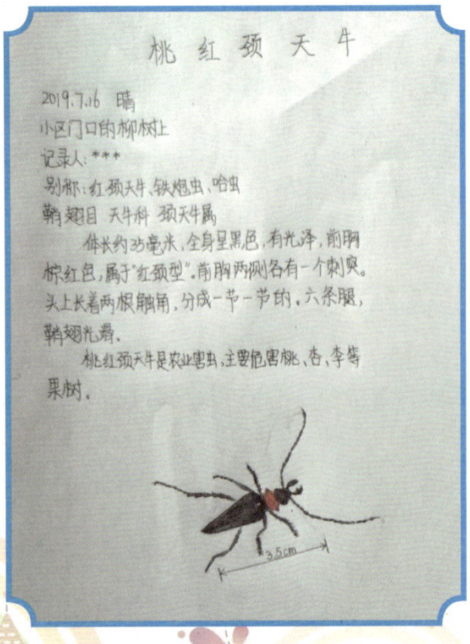

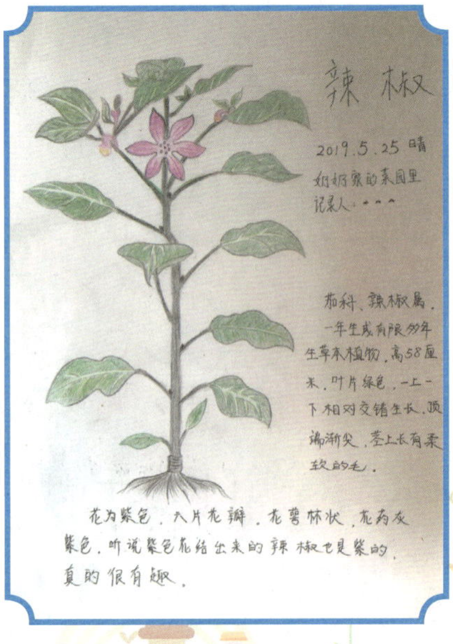

我们还要带上笔、本、尺子、镊子、放大镜、温度计、盛放昆虫的器皿这些必不可少的工具！

作好了充分准备，我们一起向大自然进发吧！

小贴士

1. 事先查阅想要观察的动植物资料，尽量确保记录准确。

2. 可以用尺子准确测量叶子、花朵等部位的长度、大小。对于细节部位，还可以绘制放大图。

3. 为便于绘制自然笔记，对于动态的昆虫可以拍摄照片，选好角度，尽量拍出它们的特征。

4. 观察昆虫时要专注、安静，不要用手触碰。一旦被虫子咬伤，一定要及时到医院就诊。

展示台

在这次愉快的观察之旅中，同学们有哪些收获呢？

把你们的自然笔记和同学们一起分享吧！别忘了把这些精美的作品装订成册，并且给它起一个好听的名字！

我的自然笔记（照片）

4. 收获与反思

通过“探寻春天的足迹——惊蛰”这一主题活动，你们有了哪些成果与收获？学会了什么方法？还有哪些问题？我们一起总结和交流吧！

小贴士

展示的方法可以是静态展示，如利用墙壁、橱窗等进行资料和作品展示；也可以是动态展示，如举行知识竞赛、情景剧表演；还可以动静结合，在展示文本、图片等成果的同时进行讲解或表演。

与小组成员一起，确定最喜欢的展示方式！

创办“相约惊蛰时”宣传栏，展示我们的活动照片、手抄报、小论文和收获体会等。

召开自然笔记优秀作品评比会，评选出“最佳观察员”和“最美自然笔记”。

举行“惊蛰知多少”信息发布会，每位组员都是发言人，分工合作，结合搜集到的资料，制作幻灯片，撰写解说词，全面介绍惊蛰节气。

……

确定了展示方式，赶快行动起来吧！展示过程中，注意和大家交流自己的体会。

最后，我们一起回顾活动过程，对自己和小组成员的表现进行反思和评价！

反思与评价	
活动中我的表现	
遇到的问题与解决的方法	
我在这些方面进步最大	
我得到了小组成员的这些帮助	

同学们，在探索惊蛰节气的过程中，你是不是感受到了节气背后蕴藏的无穷奥秘呢？下一阶段的学习将更加精彩，让我们共同期待吧！

探寻春天的足迹——春分

同学们，惊蛰节气之后，我们迎来了二十四节气中的第四个节气——春分。春分有两层含义：一是指这一天白天黑夜平分；二是指春分正好平分春季。让我们一起探究春分节气的奥秘，感悟节气中蕴含的传统文化吧！

1. 春分节气我探究

春分，每年公历 3 月 20 日或 21 日，太阳位于黄经 0° 时开始。

通过前三个节气的研究，我们知道可以通过网络、书籍、报刊等途径查找资料，了解春分节气的名称由来、物候特征、习俗、谚语、诗歌等。把了解到的内容记下来吧！

春分节气名称由来

春分，古时又称为“日中”“日夜分”“仲春之月”。春分这一天昼夜长短平均，且正好在春季九十日的一半，所以称为“春分”。

春分节气物候特征

我国古人将春分时节的十五天分为三候：一候玄鸟至；二候雷乃发声；三候始电。

春分节气习俗

____

____

____

春分节气谚语诗歌

____

____

____

启思苑

“春分麦起身，一刻值千金。”在我国大部分地区，春分是播种春种作物的季节。春分时节天气有什么特点？用什么方法观察和记录呢？

活动角

了解当地的天气情况，可以对气温、降水、风向、风速等进行观察、记录。

◆ 气温

气象学上把表示空气冷热程度的物理量称为空气温度，简称气温。国际上标准气温度量单位是摄氏度（℃）。

用温度计测量气温的方法

- 把温度计放在阳光照射不到且空气流通的地方
- 悬挂在空中
- 保持干燥
- 读数时视线和液柱顶端要保持齐平
- 示数稳定后再读取

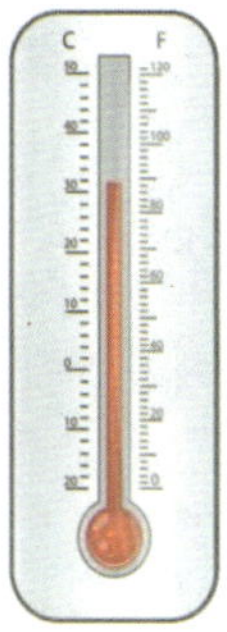

◆ 降水量

降水量是衡量一个地区降水多少的数据，降水量的单位是毫米（mm）。测量降水量的常用仪器是雨量器，雨量器中雨水的高度值就是降水量。

小贴士

简易雨量器制作方法

1. 准备一个直筒透明的杯子或塑料瓶。

2. 准备一张纸条，以毫米为单位，用刻度尺在纸条上画好刻度。

3. 将纸条竖直粘在杯子外面，使纸条 0 刻度线和杯内底部对齐。

用自制的雨量器测量降水量，对照降水量等级表，就可以知道降水量的等级了。

降水量等级表

等级	小雨	中雨	大雨	暴雨	大暴雨	特大暴雨
24 小时降水量	小于 10 毫米	10 ～ 25 毫米	25 ～ 50 毫米	50 ～ 100 毫米	100 ～ 200 毫米	大于 200 毫米

风向、风速

风向是指风吹来的方向，例如东风是由东向西吹的风，东南风是由东南向西北吹的风。风向可以用风向标来测量。

风速可以用风速仪来测量。气象学家通常把风速划分为 13 个等级。为了便于观察和记录，可以用简化的风速等级来表示。

旗子的变化可以帮助我们判断风的方向，也可以用于估计风速。

风速的等级	
0	（旗子不动）无风
1	（旗子微动）微风
2	（旗子飘扬）大风

根据所学的方法进行观察，作好记录吧！

春分节气天气日历

日期	天气	气温	降水量	风向	风速

除了用表格记录，还可以用折线图、柱形图等方法记录天气情况。

通过 15 天的观察，结合记录进行分析，总结出秦皇岛地区春分节气的天气特点。

秦皇岛地区春分节气的天气特点

查找资料，关注天气预报，了解其他地区春分节气的天气特点。

其他地区春分节气的天气特点

交流园

同学们有哪些收获？我们一起交流吧！

2. 创意风筝我制作

春天是放风筝的最好季节。春分的节气习俗中最有趣的就是放风筝了！

实践场

自己动手，尝试着做一个风筝吧！

设计风筝图样

制作风筝的主要工序有扎制骨架、糊纸或绢、绘画着色。

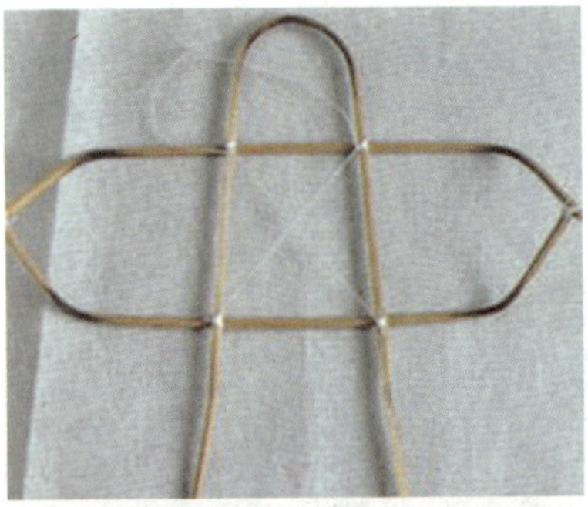

1. 扎风筝骨架要用竹篾，整个结构要简单、轻巧、对称、均衡，扎缚牢靠。

2. 把纸或绢糊在骨架上。纸的质地要薄、韧、平整。

3. 绘制风筝图样。图样要形象鲜明、色彩艳丽明快、装饰性强。

小贴士

较大的风筝要在背面两端拉一根横线，让风筝正面腹部向外凸起，在放飞时使风沿两侧作流线运动。

一般风筝下部还要吊上彩穗，它既能调节两边重量，又可增强风筝的稳定性和装饰性。

风筝的引线，依风筝骨架和结构不同而定。引线都是上短下长，拉起时，风筝与地面的夹角成45°。

体验营

风筝做好了，我们一起放风筝吧！

忙趁东风放纸鸢（照片）

交流园

3. 爱绿护绿我行动

“节令到春分，栽树要抓紧。”在我们的家乡秦皇岛，春分是植树造林、移花接木的最佳时节。

启思苑

植树活动策划书

活动时间		
活动地点		
活动准备	树苗	
	工具	
	水源	
具体分工		
注意事项		

体验营

应该怎样植树呢？一起学习一下吧！

1. 挖坑。根据树苗根系的长和宽，挖大小、深度适宜的树坑。

2. 回填。把挖坑时挖出的部分表土回填到坑内。

3. 栽植。把树苗根部扶正放置在坑内，填土踩实，让树坑比地面低一些，便于日后浇水养护。

4. 浇水。树入坑后一定要浇水，使树苗的根系与土壤有机结合。

带好工具，一起去植树吧！

★我的劳动感受……

____

____

____

交流园

通过本次体验活动，你有哪些收获呢？

为了让小树苗壮成长，我们后续应该做些什么呢？

浇水

除草

除虫

施肥

4. 收获与反思

通过“探寻春天的足迹——春分”这一实践活动，同学们有哪些收获和体会？交流和分享一下吧！

我们小组要向大家展示我们共同制作的风筝。

我想跟同学们分享我的植树活动体会。

我做了一张春分节气名片。

我们小组做了一个微视频——《春分奥秘探究》，记录了这次研究过程。

展示一下我们的成果吧！

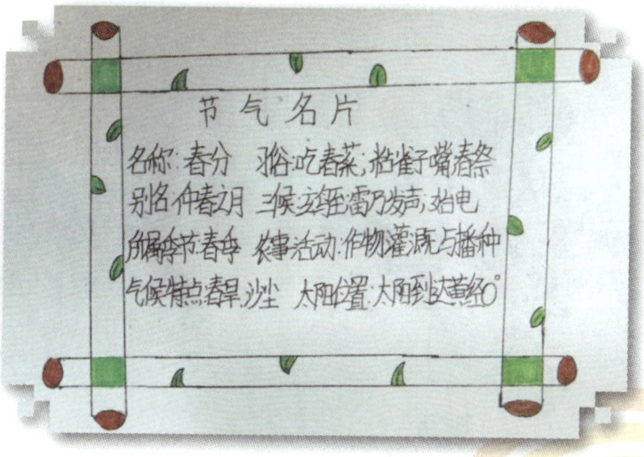

通过这次主题活动，相信你一定加深了对春分节气的了解，感受到了实践、体验的乐趣。先评评自己，再说说同伴，你会收获更多！

反思与评价	
活动中我的表现	
遇到的问题与解决的方法	
我在这些方面进步最大	
我得到了小组成员的这些帮助	

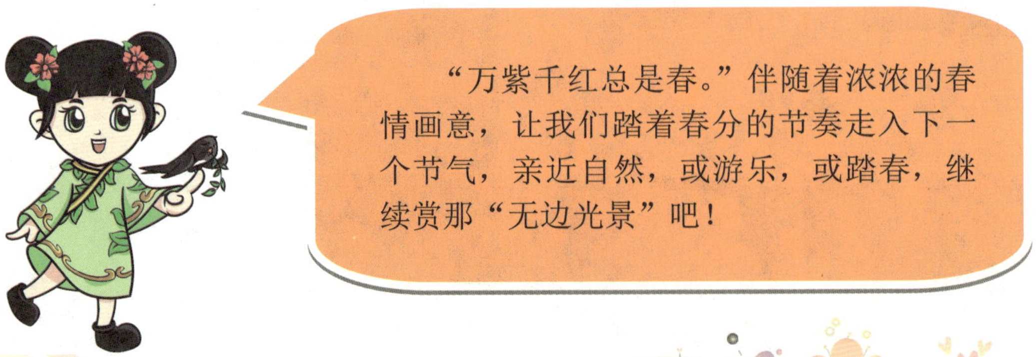

探寻春天的足迹——清明

“清明时节雨纷纷，路上行人欲断魂。”我们将一同走进二十四节气中的第五个节气——清明。和其他节气不同的是，清明还是一个富有文化内涵和民族特色的传统节日。让我们一起了解一下吧！

1. 清明时节话习俗

每年公历 4 月 5 日前后，太阳到达黄经 15° 时，为清明节气的开始。清明又称踏青节、三月节、祭祖节等。提到清明，你想到了什么？

启思苑

你想了解哪些关于清明的知识呢？

我们制订一个活动计划吧！

活动时间		活动地点	
组　　长		组　　员	
活动方法	观察、调查问卷、采访、网络查询、其他（　　）		
活动步骤	1. 2. 3.		
预期成果的展示形式： 1. 调查报告 2. 幻灯片 3. 征文 4. 手抄报 5. 表演 6. 其他（　　　）			

实践场

带着调查问卷，走到同学们中间去开展调查吧！

清明习俗调查问卷

1. 你知道清明的来历吗？（　　　）
A. 知道　B. 不知道
2. 清明习俗有哪些（可多选）？（　　　）
A. 踏青　B. 蹴鞠　C. 吃粽子　D. 吃青团
E. 祭祀　F. 其他
3. 清明假期你会做什么（可多选）？（　　　）
A. 给去世的亲人上坟　B. 休息　C. 放风筝　D. 出游踏青
E. 其他
4. 你认为文明祭祀的方式有哪些（可多选）？（　　　）
A. 鲜花祭祀　B. 网上祭祀　C. 马路上烧纸钱　D. 其他
5. 2006 年 5 月 20 日，国务院将清明……

网络之旅开始啦！

清明习俗网络查询记录	
查询人	
查询内容	1. 清明节的由来：
	2. 关于清明的诗词：
	……

交流园

汇报一下我们的活动成果吧！

我知道了清明节的由来。清明节大约始于周代，已有 2500 多年的历史了。清明最开始是一个很重要的节气，因为它与寒食的日子接近，而寒食是民间禁火扫墓的日子，渐渐地，寒食与清明就合二为一了，寒食则成为清明的别称，成为扫墓祭祖的日子，即今天的清明节。

通过问卷，我知道人们对清明节非常重视，祭祀是清明节最重要的习俗，随着国民素质的提高，鲜花祭祀、网上祭扫等文明祭祀方式已被越来越多的人认可。

清明节还有踏青、荡秋千、插柳等丰富而有趣的风俗活动。打马球、蹴鞠在古代尤为盛行。

打马球

蹴鞠

古今清明习俗真不少，认真体验最重要。我们继续接下来的活动吧！

2. 清明祭扫悼先烈

每年清明节，学校都会组织同学们去祭扫烈士墓。祭扫前应该做哪些准备工作呢？

选择感兴趣的任务，制订小组活动计划吧！

活动时间		活动地点	
组　　长		组　　员	
活动步骤	1. 采访老前辈、老战士，了解烈士陵园中烈士的故事。 2. 通过网络，查找烈士陵园中烈士的英勇事迹。 3. 资料汇总。 4. 练习故事宣讲。		
预期成果的展示形式： 1. 调查报告 2. 幻灯片 3. 征文 4. 手抄报 5. 表演 6. 其他（　　　）			

看看其他小组的活动计划，提出你的修改意见吧！

活动角

来到革命老前辈爷爷家里，采访之前先帮助爷爷打扫卫生。

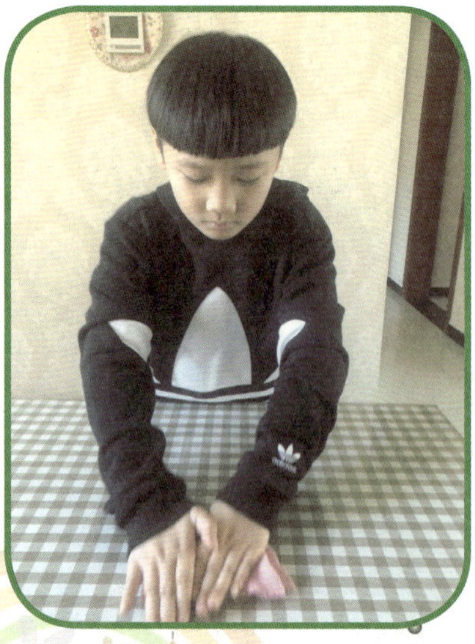

打扫完卫生，开始采访。

小贴士

1. 采访前准备好提纲、录音设备等（录音前要经过被采访人允许）。
2. 采访时注意文明礼貌、语音语速。
3. 采访后整理英雄故事，并练习讲故事。

老前辈采访记录					
采访对象		地点		时间	
采访目的					
采访提纲	您参加过战争吗？参加过什么战争？				
	您能给我们讲讲烈士陵园（战争）中烈士的英勇事迹吗？				
	……				

网络调查员在行动！

交流园

分组行动后，说一说我们的收获吧！

这是我们查到的烈士陵园简介：

秦皇岛烈士陵园的前身是山海关烈士陵园，始建于1956年，后于2009年进行改建，是秦皇岛市爱国主义教育、国防教育的重要基地。

这是我们整理的英雄故事：

【杨宝昆】他是中国共产党派到秦皇岛地区的第一名共产党员。1921年7月，中国共产党成立，10月，中国劳动组合书记部北京分部派共产党员、北京长辛店工人俱乐部委员杨宝昆到京奉铁路山海关铁工厂（今中铁山桥集团）工作，以铁匠的身份开展革命活动。他先后开办工人夜校，建工友俱乐部，进行一系列的组织发动和宣传工作，传播马列主义，开展工人运动。1922年9月，杨宝昆发展刘武、佟惠亭为工厂第一批共产党员，建立了秦皇岛地区第一个共产党早期组织，他任组长。他秘密发动群众，举行罢工，反抗军阀。1922年10月9日清晨，杨宝昆等带领1100多名工人冲上山海关站外铁轨，拉开百米长的队伍，卧轨截住开往北京的快车，使京奉铁路交通中断4个小时。京奉铁路局被迫答应工人提出的条件，罢工取得胜利，在中国铁路工运史上写下光辉一页。

1928年3月，杨宝昆在丰台家中被捕。他在狱中英勇不屈，表现出了共产党员的英雄气概，同年5月17日，他在北京天桥刑场壮烈牺牲。

这是我们制作的小白花：

一切准备就绪后，我们怀着崇敬之情，向烈士陵园进发。

我的活动感受

3. 清明踏青赏春意

踏青是清明时节又一大习俗。清明时分，春光明媚，草木吐绿，正是人们春游踏青的好时节。

启思苑

学校准备组织同学们到集发农业梦想王国开展春游活动。

春游计划

活动时间		春游路线	
活动内容			
准备工作			
活动分工			
注意事项			
我的期待			

集发农业梦想王国坐落在北戴河，是综合性农业旅游 AAAA 级景区、全国农业旅游示范点、全国旅游标准化试点企业、河北省最美 30 景区之一和百姓最喜爱的景区。集发农业梦想王国包括综合活动区、民俗展示区、吃住休闲区、观赏采摘区、娱乐项目区、动物表演区，现已形成了产品系列化、种养生态化、环境园艺化的高效农业生产格局。

体验营

导游是我们旅途中的伙伴。你也来当一次小导游，带着同学们开启愉快的旅程吧！

小贴士

当导游，要有较好的语言组织能力和表达能力，口才要好，反应要快，遇到突发问题，要灵活应变，并且待人亲切，语气和蔼自然。

*** 导游资格证考试卷 ***

一、流利地进行自我介绍。

二、请你用一段话介绍一下景区的特点，通过你的介绍，使“游客”产生极大的兴趣。

三、即兴回答“游客”的三个问题。

写一写导游词吧！

同学们：

大家好！欢迎你们来到集发农业梦想王国，我是本次参观的小导游，参观过程中大家有什么问题，可以随时问我，我一定尽力解答，希望我们一起度过美好而难忘的时光。

集发农业梦想王国坐落在北戴河海滨，总占地面积 1400 亩，包括综合活动区、观赏展示区、吃住休闲区、采摘购物区、水上娱乐区等区域。这里是游客中心，有免费的饮用水、休息床，还免费提供景区咨询、导游、小件寄存等服务，还可购买自己喜欢的特色旅游纪念品……

安全小提示

____

____

____

一切准备就绪，我们出发！

小导游持“证”上岗啦！

我们带着任务出发，所到之处，看在眼里，记在本上。

交流园

春游结束了，“小导游”们表现得怎么样？你有哪些收获呢？

我当小导游时发现自己有许多知识都不太了解，看来准备工作做得还不够。

我把在热带植物王国看到的奇花异果都记下来了，打算回家讲给爸爸妈妈听。

我在集发还看到了……想到了……我觉得……

4. 收获与反思

通过这段时间的学习、体验，你最大的收获是什么？展示一下成果吧！

同学们在清明节气活动中表现得如何？留下你的成长足迹吧！

回顾与反思	梳理与总结	自评	同伴评（或家长评）
本组活动你全程参与了吗？			
你最感兴趣的是什么？			
活动中你遇到了什么困难？是如何解决的？			
你觉得自己哪些方面还需要提高？			

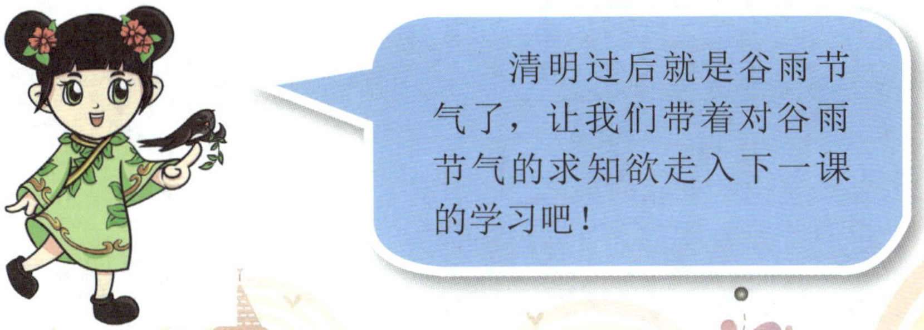

探寻春天的足迹——谷雨

“才始迎春来，又将送春归。”谷雨是二十四节气中的第六个节气，也是春季的最后一个节气，蕴含着“雨生百谷”之意。让我们一起踏上谷雨节气之旅，追寻万物生长的踪迹，品味这最后的春天吧！

七言诗

（清）郑板桥

不风不雨正晴和，翠竹亭亭好节柯。
最爱晚凉佳客至，一壶新茗泡松萝。
几枝新叶萧萧竹，数笔横皴淡淡山。
正好清明连谷雨，一杯香茗坐其间。

1. 谷雨知识小储备

每年公历 4 月 20 日前后，太阳到达黄经 30° 时，为谷雨。谷雨，顾名思义就是“播谷降雨”的意思。

活动角

通过网络、书籍、报刊等途径，我们查到了有关谷雨节气的来历、谚语、古诗等。

谷雨节气来历

传说，在 4000 多年前，天下正遭受灾荒，仓颉造字感动了上天，就下了一场特殊的“雨”，落下数不清的谷米粮食，后人就把这一天叫作“谷雨”。仓颉去世后，被人们安葬在他的家乡。每逢谷雨，当地都会举行拜仓颉的庙会以示纪念。

谷雨节气谚语

谷雨有雨好种棉。

谷雨种棉花，能长好疙瘩。

谷雨过三天，园里看牡丹。

谷雨天，忙种烟。

谷雨节气古诗

七言诗

郑板桥

不风不雨正晴和，
翠竹亭亭好节柯。
最爱晚凉佳客至，
一壶新茗泡松萝。
几枝新叶萧萧竹，
数笔横皴淡淡山。
正好清明连谷雨，
一杯香茗坐其间。

我们采访了家里的老人，了解了很多有关谷雨节气的习俗。看看我们的采访记录吧！

采访记录					
采访对象	爷爷	采访时间	×月×日	采访地点	家里
采访主题	谷雨习俗				
采访内容记录	您知道谷雨节气有哪些习俗吗？能给我们具体讲讲吗？				
	爷爷：吃香椿、喝谷雨茶、赏牡丹、走谷雨……				
	谷雨时为什么要吃香椿？				
	爷爷：谷雨前后正是香椿上市的时候，香椿吃起来清香爽口，而且很有营养。吃香椿又叫“吃春”，是迎接新春到来的意思。				
	您能为我们讲一讲香椿的不同吃法吗？				
	爷爷：香椿可以热炒、凉拌，像香椿炒鸡蛋、香椿拌豆腐都可以。				
采访体会	爷爷知道的东西可真多！原来谷雨节气有这么多有趣的习俗啊！我们也想亲身体验一下！				
记录人					

实践场

通过采访，我们知道了吃香椿是谷雨节气的饮食风俗之一，试着做一做香椿炒鸡蛋吧！

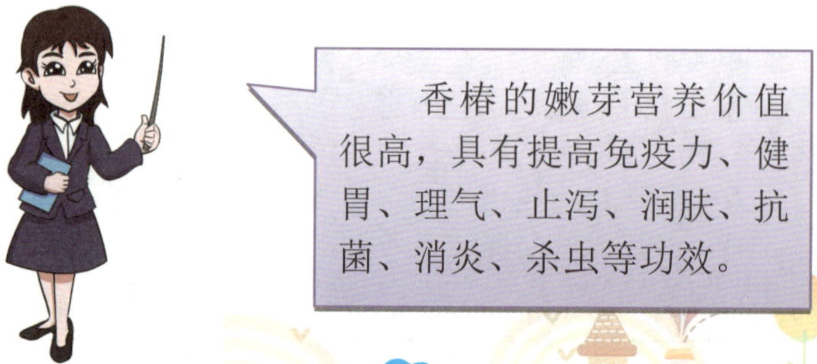

香椿炒鸡蛋	
主要食材	香椿一小捆、鸡蛋两个
制作过程	

1. 香椿择洗干净，焯水一分钟，去除香椿中的亚硝酸盐和草酸。

2. 焯好的香椿挤干水分，切成小丁，打入两个鸡蛋，加入适量盐。

3. 将鸡蛋打散，和香椿丁、盐搅拌均匀。

4. 锅里倒油烧热，放进搅拌好的香椿鸡蛋翻炒。鸡蛋熟后，出锅装盘。

交流园

在制作香椿炒鸡蛋的过程中，你有哪些收获和感想？和同学们交流一下吧！

我的活动感受

2. 谷雨物候小调查

中国古代以五日为候，三候为气，六气为时，四时为岁，一年二十四节气，共七十二候。

谷雨三候：

一候，萍始生。谷雨之日，浮萍开始生长。

二候，鸣鸠拂其羽。鸠即布谷鸟，又叫杜鹃、子规。谷雨再五日，田野回荡着布谷鸟的鸣声，提醒人们要开始播种了。

三候，戴胜降于桑。意思是谷雨后五日，桑树上已经可以见到戴胜鸟了。

启思苑

浮萍生长，鸟儿活跃，意味着谷雨时节寒潮天气结束，气温回升加快。用什么方法可以获得气温数据呢？

实践场

让我们走进气象局，实地学习气象知识吧！

在工作人员的带领下参观气象局，认识各种气象观测仪器。

翻斗雨量计：用于记录降雨量的仪器，敏感部分是两个三角形盛水斗，可以围绕中心轴转动，根据翻斗翻转的次数记录降雨量。

风向标和风杯：用于观测风向和风力。风向标箭头所指就是风向，转动的风杯实际上是一个小小的风力发电机，风越大，发电量越多。室内有专门的仪器来显示风向和风力。

百叶箱：用来放置测量温度和湿度的仪器仪表的地方。不同的百叶箱有着不同的功用，有的百叶箱安放温度和湿度自动记录仪器，有的百叶箱则放着连接电脑的自动温度湿度感应器。

知识窗

室外温度如何测量

一般气象学上所指的气温是距地面1.5米高处的空气温度。室外的观测是在开阔的草地上架设的高约1.5米的百叶箱中进行的。1.5米是人体呼吸时的高度，与人类关系密切。低于此高度时，温度受地面的影响容易产生变化。

在表示某地气温状况时，一般都使用平均温度。一日的平均气温大多以2时、6时、10时、14时、18时、22时6次气温平均而得，或以6时、14时、22时3次气温平均而得。把一个月的日均温加起来平均后即月均温。

采访工作人员，记录最近三年本地区谷雨节气的最高气温、最低气温、平均气温。对比三年的数据，你有哪些发现？

近三年谷雨节气气温记录

年份	最高气温	最低气温	平均气温
我发现了			

我们还可以通过收看天气预报获得每天的气温数据，记录在下面的表格里。

日期 	天气 	气温 最高  最低	记录人 
4 月 18 日			
4 月 19 日			
4 月 20 日			
4 月 21 日			
……			

水滴石穿！坚持是一个好习惯！

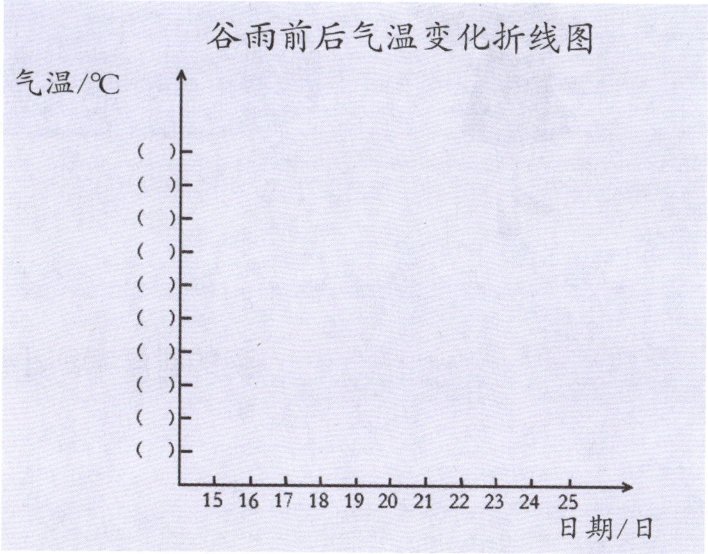

分析谷雨前后气温变化折线图，你又发现了什么？

交流园

通过参观气象局和收看天气预报，我们有哪些新的发现和收获？交流一下吧！

拿起笔，把我们的发现整理成一篇科学考察小论文吧！

通过调查、访问、实地考察等方式对问题进行研究，根据研究结果写出的小论文称为科学考察小论文。写的时候，一定要注意写清楚研究方法、研究过程、对气温数据进行分析的过程和得出的结论！

我的科学考察小论文

3. 谷雨种植小体验

有雨才生谷，有谷才养民。在万物生长的谷雨时节，我们一起去体验种植的乐趣吧！

谷雨节气适宜播种的农作物

华北平原“谷雨前后，种瓜种豆”，谷雨后大部分果蔬可以播种或移植。可以播种的作物有向日葵、芸豆、丝瓜、南瓜、冬瓜、西瓜、黄瓜、葫芦、玉米……

启思苑

选择最感兴趣的一种农作物，例如黄瓜，准备开展种植活动，把农民伯伯请到课堂上担任我们的顾问吧！

露天种植黄瓜的步骤：

1. 翻土，施肥。加入底肥，确保土质疏松、容易透气。

2. 撒种，浇水。将种子尽可能均匀地散布在土壤里，然后埋土。待土地干时浇水。

3. 间苗。幼苗高度达到10厘米左右时，拔掉最衰弱的小苗。

在农民伯伯的指导下，制订我们的种植计划！

黄瓜 种植计划			
种植时间		种植地点	
准备工作	1. 上网查找有关黄瓜的生长环境、条件、生长周期以及播种、施肥等资料。 2. 到农资经销处或集市选购优良种子和化肥。 ……		
种植步骤			
注意事项			

活动角

上网查找资料，了解有关黄瓜生长的知识，并认真作好记录吧！

黄瓜的生长习性

温度：

光照：

水分：

土壤：

“庄稼一枝花，全靠肥当家”，这句谚语充分说明了肥料的重要性。常用肥料按成分可分为生物肥料（菌肥）、有机肥料和无机肥料。

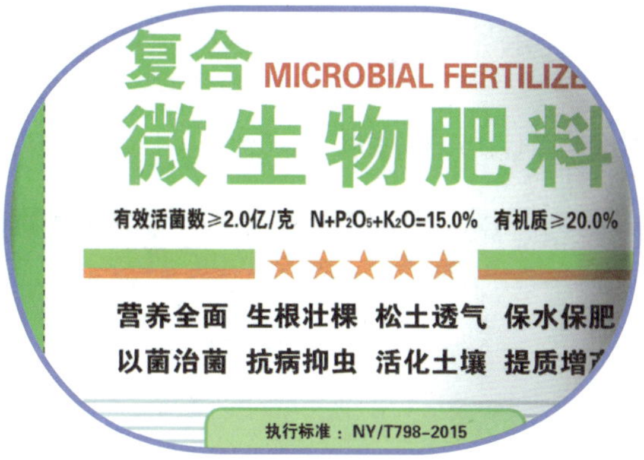

生物肥料是由微生物发酵制成的，可固定或转化大气、土壤中难以利用的氮、磷、钾等元素，促进农作物吸收。目前使用的微生物有根瘤菌、固氮菌、磷细菌、钾细菌等。

有机肥料主要来源于植物和动物，包括经沤制、处理的生活垃圾、粪便、植物残体等。

无机肥料就是化肥，如各种氮、磷、钾肥或复合肥等。适量施用化肥能提高作物产量，改善农产品质量。

知识窗

农作物缺乏氮、磷、钾的表现

缺乏氮肥会导致农作物植株矮小、细弱；叶片呈黄橙等非正常绿色，基部叶片逐渐干燥枯萎；根系分枝少；作物显著早衰并早熟，产量降低。

缺乏磷肥会导致农作物生长缓慢、矮小瘦弱、直立、分枝少，叶小易脱落；色泽呈暗绿或灰绿色，叶缘及叶柄常出现紫红色；根系发育不良；成熟延迟，产量和品质降低。

缺少钾肥会导致农作物得“软骨病”，易倒伏。

实践场

了解了这么多知识，让我们走进学校“小小种植园”，亲手种下黄瓜的种子吧！别忘了观察记录它们从发芽到长成幼苗的过程哦！

观察记录表

时间	管理方法	小苗高度	叶片颜色、大小
第 1 天			
第 2 天			
第　天			

观察记录的时候，一定要做到认真细致、数据准确。对小苗的高度、叶片大小等，可以边观察，边测量，边记录。

晒晒我们的小苗

4. 收获与反思

在“探寻春天的足迹——谷雨”这一主题活动中，你们一定有了很多收获，展示一下研究成果吧！

这次活动中，你和小组成员的表现怎么样？一起反思评价吧！

反思与评价	
活动中我的表现	
遇到的问题与解决的方法	
我在这些方面进步最大	
我得到了小组成员的这些帮助	

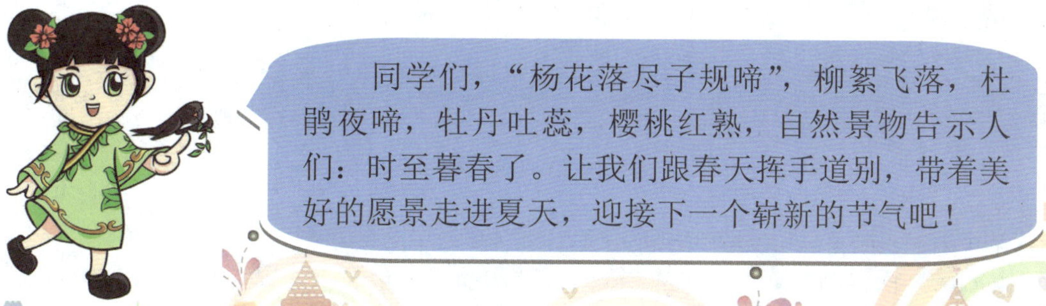

我参与 我快乐 我体验 我收获

伴着春天的气息，我们共同踏上了节气的探寻之旅。

迈着轻盈的脚步，我们一起走过了春季的六个节气。

我们在研究中发现，在活动中体验，在操作中实践……

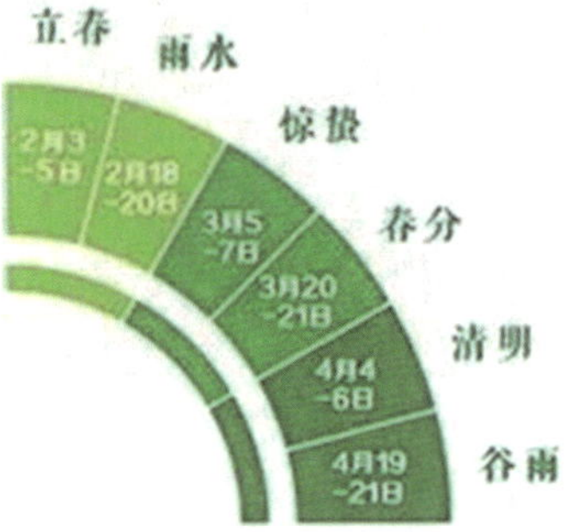

最喜欢的节气是：

最感兴趣的活动形式是：

印象最深的一次活动是：

在小组合作中最大的进步是：

最大的收获是：

看看大家对你的评价吧！

伙伴说：

老师说：

家长说：

我想对自己说：

____

____

____

____

探寻的路上有成功，也有失败，让我们总结经验，继续前行，相信接下来的夏季探寻之旅将会更加精彩！